787 | Chambre des Commissaires Priseurs
Envoi à la Bibliothèque Nationale.

Vente du Jeudi 16 Novembre 1911

HOTEL DROUOT — SALLE N° 10

N° 104 du Catalogue.

COSTUMES
DU
XVIIIe SIECLE

Me ANDRÉ DESVOUGES — M. LOYS DELTEIL.

FRAZIER-SOYE

GRAVEUR-IMPRIMEUR

153-155-157, Rue Montmartre

PARIS

CATALOGUE

D'UNE

COLLECTION

DE

COSTUMES DU XVIIIᵉ SIÈCLE

(Galerie des Modes)

———

Dont la vente aura lieu

à Paris, HOTEL DROUOT, Salle Nᵒ 10

Le Jeudi 16 Novembre 1911

à 2 heures précises

———

Par le Ministère de Mᵉ ANDRÉ DESVOUGES

COMMISSAIRE-PRISEUR

26, Rue de la Grange-Batelière

Assisté de M. LOYS DELTEIL, Graveur et Expert

2, Rue des Beaux-Arts

CONDITIONS DE LA VENTE

Elle sera faite au comptant.

Les adjudicataires paieront *dix pour cent* en sus des enchères.

M. Loys Delteil remplira les commissions que voudront bien lui confier les amateurs ne pouvant y assister.

MM. les Amateurs pourront visiter la collection, 2, *rue des Beaux-Arts*, du Jeudi 9 au Mercredi 15 Novembre 1911, de 2 heures à 5 heures (le Dimanche excepté).

DÉSIGNATION

Gallerie des Modes et Costumes Français, *ouvrage commencé en l'année 1778, dessinés d'après nature par* Leclerc, Desrais, Martin, Simonet, Watteau fils et de Saint-Aubin :

> N. B. Toutes les pièces décrites ci-dessous sont *coloriées.*

1. Costume de Dame de Cour, par Dupin (pl. 103).

2. Redingote à trois colets, par Voysard (cassure) (103).

3. Costume du fils de la Mme de Lenoncourt, par Dupin (104).

4. Habit de Bal avec des manches à la Gabriele, par Dupin (105).

5. Costume du Comte Almaviva, par Dupin (106).

6. Costume adopté par les bals de la Cour, par Dupin (107).

7. Costume de Stukeli, exécuté par P. N. Sarrazin, par Dupin (108).

8. Dame de qualité à qui un jeune nègre porte la queue, par Le Roy (109).

9. Habit à la Polonaise un peu habillé, par Dupin (110).

10. Bourgeoise aisée en robe de satin rayé, par Dupin (111).

11. Homme vêtu d'un habit en surtout, par Dupin (112).

12. Fraque d'été de toile vermicelée, par Dupin (113).

13. Polonaise de toile bleue et blanche vermicelée, par Le Roy (114).

14. Manière de porter le petit deuil, par Voysard (épr. tachée) (114).

15. Habit de petit deuil gris, par Voysard (115).

16. Habit d'Erosine dans le Barbier de Séville, 1775, par Aveline le jeune (115).

17. Redingote à colet et à bavaroise, par Dupin (116).

18. Redingote en bakmann ou à coqueluchon, par Dupin (117).

19. Habit de drap galonné à la financière, par Dupin (118).

20. Habit de bal à la paysanne, par Dupin (119).

21. Habit de Paysan (jouant de la flûte) en usage pour les bals, par Dupin (120).

22. Jeune Dame montant à cheval, par Voysard (déchirure) (121).

23. Nouvelle Robe dite la Longchamps, par Dupin (122).

24. Jeune Dame coëffée d'un chapeau Anglais, par Dupin (123).

25. Robe à la Lévite, à deux plis par derrière, par Le Beau (124).

26. Polonoise de taffetas garnie en bordures d'indienne, par Voysard (125).

27. Circassienne de taffetas à bandes de rubans, par Dupin (126).

28. Jeune Mariée que l'on mène à l'aûtel, par Dupin (133).

29. Robe à la Polonoise de toile blanche à bordure, par Dupin (134).

30. **Robe** à l'Anglaise, queue traînante, par Dupin
(135).

31. Robe à la Lévite à corsage en foureau, par Voysard (136).

N° 28 du Catalogue.

32. Cauchoise élégante dans le costume de son pays,
par Voysard (137).

33. Déshabillé de taffetas blanc, par Voysard (138).

34. Neptune, par Gaillard — Reine des Sylphes —
Vêtement d'Idamé, par Dupin. Trois pièces
(151, 155, 156).

35. Jeune Dame qui quête, par Dupin (157).

36. Robe de taffetas de couleur changeante, par Patas (158).

37. Jeune Dame tenant son enfant dans ses bras, par Patas (160).

38. Vêtement dit à la Créole, par Patas (161).

39. Lévite ornée de brandebourgs et cordonet, par Patas (162).

40. Habit en Lévite enrichi de glands, par Dupin (163).

41. Autre Lévite, la jupe de couleur différente, par Patas (164).

42. Caraco à la Polonoise garni de gaze, par Voysard (165).

43. Robe à la Circassienne, la garniture en platitude, par Dupin (166).

44. Jeune Actrice Bourgeoise, par Dupin (167).

45. Habit à l'Insurgente, par Voysard (118).

46. Femme vêtue d'un Lévite uni bordée de gaze plissée, par Pelicier (169).

47. Nouvelle Circassienne en Gaze d'Italie, par Pelicier (170).

48. Manteau à l'Italienne, par Pelicier (171).

49. Camisolle à la Polonoise avec les Manches en amadices (172).

50. Homme vêtu d'un habit d'hiver, par Pelicier (173).

51. Cauchoise élégante, par Pélicier (174).

52. Robe à la Turque, par Dupin (175).

53. Robe dite à la Turque, par Dupin (sans marge à droite).

54. Jeune Femme vêtue d'un caraco à la Polonoise, par Voysard (177).

55. Circassienne fond de couleur, à bande d'étoffe
peinte, par Patas (178).

56. Habillemens d'Enfans dans le nouveau goût, par
Voysard (179).

N° 67 du Catalogue.

57. Jeune Dame en robe à la Polonoise de taffetas, par
Dupin.

58. Robe à la Polonoise de Satin Léger, par Patas
(181).

59. Nouvelle Levite de Taffetas, par Dupin (182).

60. Redingote Anglaise à trois Colets et Bavaroise,
par Dupin (183).

61. Lévite ajustée, ceint d'une écharpe blanche, par
Patas (184).

62. Robe de Chambre à manches en Pagode, par
Patas (185).

63. Camisole à la Polonaise, de Mousseline des Indes,
par Dupin (186).

64. Jeune Gouvernante aidant à marcher un enfant
fort jeune, par Dupin (188).

65. Modes d'Enfants, par Dupin (189).

66. Modes d'Enfants, par Patas (épreuve tachée)
(190).

67. Petite Fille vêtue d'un Foureau de Toile peinte,
par Dupin (191).

68. Jeune Fille en petit juste à la Paysanne et le petit
Frère habillé en Matelot, par Dupin (192).

69. Lévite de taffetas (le Maître de Danse), par Pelicier (193).

70. Jeune Demoiselle étudiant la musique, par Pelicier (194).

71. Jeune Femme en robe à la Polonoise avec man-
telet blanc, par Pelicier (195).

72. Polonoise vue par derrière, par Pelicier (196).

73. Lévite simple vue par derrière, par Pelicier (197).

74 Jeune Dame en robe à la Polonnoise, conduisant
un enfant, par Pelicier (198).

75. Robe blanche de Mousseline unie garnie de mousseline, par Dupin (199).

76. Lévite taille à l'Anglaise, par Dupin (200).

77. Petit Maître en Chenille Fraque, par Dupin (201).

78. Circacienne à bande d'autre couleur, par Le Beau
(202).

79. Quatre coiffures (à l'Américaine, à l'Amazone, etc.),
    par Pelicier (très légèrement rognée à droite)
    (202).

80. Circassienne garnie de Gaze en pouf, par Le
    Beau (204).

N° du 69 Catalogue.

81. Quatre Coiffures (à l'Américaine, à l'enfant. etc.),
    par Pelicier (204).

82. Grand Deuil de Cour, par Dupin (211).

83. Grand Deuil de Cour, par Voysard (212).

84. Polonaise noire ou petite robe, par Dupin (218).

85. Coëffure en toque lisse, par Dupin (220).

86. Seize coiffures (224).

87. La jeune Sophie montrant à son favori le rendez-
vous des plaisirs, par Baquoy (302).

88. La prude Mélite... au Palais-Royal l'après dîné,
par Baquoy (303).

89. Monarque juste et bienfaisant, par Dupin (petite
tache).

90. Artois Dragons, habit du colonel, par Dupin.

91. Femme d'un certain ton se promenant, par Dupin
(grattage dans la partie blanche).

92. Costume pris sous le règne de Louis XVI, inventé
par P. N. Sarrazin, par Patas.

93. Habit de printems, cannelé, par Voysard.

94. Abbé galant et Poete lisant — Prince Grec vêtu de
l'Exomide. Deux pièces, par Dupin.

95. Jeune élégant en habit moucheté, par Voysard.

96. Cuisinière nouvellement arrivée de Province et
qui commence à prendre les airs élégants de
Paris, par Le Beau.

97. Acteur bourgeois étudiant son rôle à la promenade, par Dupin fils.

98. Fraque à coqueluchon de pluche de soie rouge,
par Patas.

99. Fraque à la Polonoise vu par derrière, par Dupin.

100. Femme en Déshabillé du matin couchée négli-
gemment, par Dupin.

101. Douze Coiffures en 1785 (n° 2).

102. Quatre Coiffures (Au bonheur du siècle...).

103. Quatre Coiffures (Chapeau Tigré...).

104. Quatre Coiffures (Coeffure à la Reine...).

105. Quatre Coeffures (Chapeau à l'Anglaise...).

N° 70 du Catalogue.

106. Quatre Coeffures (la Phrygienne...).

107. Quatre Coeffures (Bonnet aux Bouillons...).
     (Les nᵒˢ 102 à 107 sont sans marge sur la droite).

108. Robe à la Polonoise d'étoffe unie à coqueluchon,
     par Le Beau.

109. Petite Maîtresse en Robe à la Polonaise, par
     Dupin.

110. Bourgeoise se promenant avec sa fille, par Dupin.

111. Demoiselle en caraco de taffetas, par Voysard.

112. Elégante en petite robe de Taffetas, par Dupin.

113. Demoiselle en Polonoise unie en Buras, par
     Voysard.

114. Jeune Dame coeffée d'un demi bonnet Laitière,
     par Dupin.

115. La Distraite, par Dupin.

116. Bourgeoise élégante se promenant à la Cam-
     pagne, par Dupin.

117. Jeune Dame de Lyon vêtue d'une robe de taffetas,
     par Voysard.

118. Jeune Dame vêtue à l'Austrasienne, par Dupin.

119. Jeune Dame en Circassienne de gaze d'Italie, par
     Voysard.

120. Gouvernante d'enfants chez des Gens de Qualité,
     par Dupin.

121. Quatre Coiffures (La Gabrielle....).

122. Quatre Coiffures (Bonnet au Mystère...).

123. Quatre Coiffures (Baigneuse à la Frivolité...).

124. Quatre Coiffures (Pouf en fichus...).

125. Quatre Coeffures (Coeffure à la Colombe...).

126. Quatre Coiffures (Bonnet à l'Hérisson...).
     (Les nᵒˢ 121 à 126 sont sans marge à droite).

N° 115 du Catalogue

127. Jolie Femme en déshabillé galant, par Voysard.

128. Jeune Dame coeffée d'un bonnet rond, par Voysard.

129. Jeune Dame en robe de taffetas de couleur, par
Dupin.

130. Jolie Femme coeffée d'un Bonnet à la Nouvelle
Paysanne, par Patas.

131. Robe à l'Anglaise de Pékin, par Dupin.

132. Jeune Demoiselle en Polonoise d'indienne, par
Dupin.

133. Femme en Caraco plissé de taffetas, par Dupin.

134. Habit de bal, par Dupin.

135. Demoiselle élégante coeffée d'un Bonnet anglais,
par Le Roy.

136. Jeune Dame en négligé du matin, par Dupin.

137. Femme galante à sa toilette ployant un billet, par
Dupin.

138. Demoiselle habillée en caraco, par Dupin fils.

139. Petite Maîtresse... à la promenade au Palais-
Royal, par Voysard.

140. Jeune Dame de qualité, en grande Robe, par Voysard.

141. Quatre Coiffures (Bonnet à la laitière...).

142. Quatre Coiffures (Chapeau demi négligé...).

143. Quatre Coiffures (la Calèche ordinaire...).

144. Quatre Coiffures (Chapeau à l'Anglaise...).

145. Quatre Coiffures (Coiffure du Colisée...).

146. Quatre Coiffures (Bonnet à la fusée...).
Les nᵒˢ 141 à 146 sont sans marge à droite).

147. Jeune Dame coeffée à la Dauphine, par Dupin.

148. Jeune Dame en Polonoise, par Dupin.

149. Femme en Robe à la Polonoise, par Le Beau.

150. Demoiselle à la promenade du matin, par Dupin.

151. Jeune Dame coeffée en baigneuse, par Dupin.

Nº 170 du Catalogue.

152. Jeune Dame coeffée au Hérisson, par Le Roy.

153. Bourgeoise en robe de Satin rayé, par Dupin.

154. Jeune Dame en Circassienne garnie de blonde,
     par Voyzard.

155. Marchande de modes portant la marchandise en
     ville, par Dupin.

156. Quatre Coiffures (la Candeur...).

157. Quatre Coiffures (Hérisson à 4 boucles...).

158. Quatre Coiffures (le Lever de la Reine...).

159. Quatre Coiffures (La Voluptueuse...).

160. Quatre Coiffures (Les Délices de l'Anglomane...).

161. Quatre Coiffures (Pouf asiatique...).

(Les n° 156 à 161 sont sans marge sur la droite).

162. Femme de qualité en Déshabillé se promenant le matin à la Campagne, par Voysard.

163. Jolie Danseuse vétue d'un Caraco, par Voysard.

164. Habit de Cour de Satin Cerise (la Reine Marie-Antoinette), par Patas.

165. Robe de Cour sur le grand panier, par Le Roy.

166. Robe de Cour moyen panier, par Voysard.

167. Robe à la Circassienne d'un nouveau goût, par Dupin (13° Cahier, 7° suite).

168. Jeune Femme en Circassienne, par Voysard (10° Cahier, 4° suite).

169. Robe à la Levantine, par Dupin (17° Cahier, 2° suite, 1779).

170. Jeune Dame se faisant coëffer (12° Cahier, 6° suite, 1778), par Dupin.

171. Couturière élégante allant livrer son ouvrage (11° Cahier, 5° suite, 1778), par Dupin.

172. Quatre Coiffures (Coeffure orientale...).

173. Quatre Coiffures (Coiffure à l'Enfant...).

174. Quatre Coiffures (Nouvelle Baigneuse...).

175. Quatre Coiffures (Chapeau Anglais...).

176. Quatre Coiffures (Chapeau à la Corse...).

177. Quatre Coiffures (Coiffure demi-négligée...).

N° 180 du Catalogue.

178. Quatre Coiffures (Coiffure à l'Irlandaise...).

179. Quatre Coiffures (La nouvelle Laitière...).

180. Quatre Coiffures (Coiffure à la Flore...).

181. Quatre Coiffures (Nouveau bonnet à la Draperie...).

182. Quatre Coiffures (Bonnet à la plume de paon...).

183. Quatre Coiffures (Nouvells Coiffure à la Frégate...).
     (Les n°⁵ 172 à 183 sont sans marge à droite).

---

184. Frédéric II, roi de Prusse — Joseph II, empereur
     des Romains. Deux pièces, par Robin de Monti-
     gny, se faisant pendants, avec rehauts d'or et
     d'argent (rognées à droite).

185. L'Elégant au Rendez-vous du Palais-Royal —
     L'Elégante à la Promenade du Palais-Royal. Deux
     pièces se faisant pendants.

FRAZIER-SOYE

GRAVEUR-IMPRIMEUR

153-157, RUE MONTMARTRE

PARIS